AF591132

NOTES STENDHALIENNES

RÉFLEXIONS
SUR
STENDHAL

PAR

RENÉ BOYLESVE

PARIS
LE DIVAN
37, rue Bonaparte, 37

1929

REFLEXIONS SUR STENDHAL

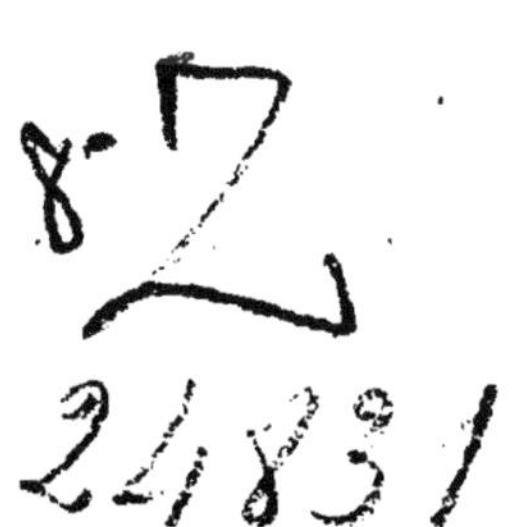

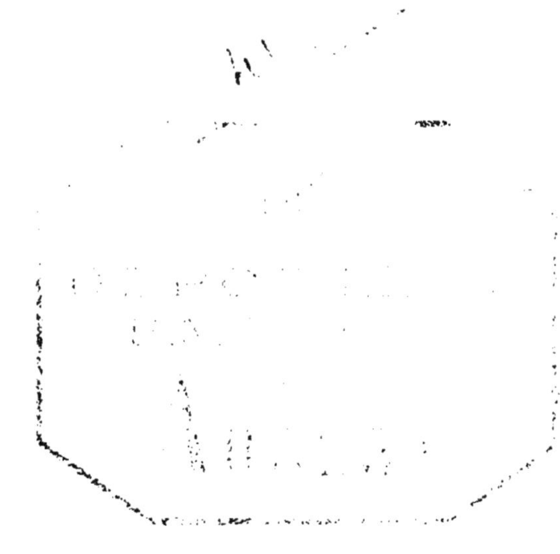

*Cet ouvrage a été tiré
à neuf exemplaires sur vélin de Rives jonquille,
hors commerce, et trois cents exemplaires sur
pur fil Lafuma.*

RENÉ BOYLESVE

RÉFLEXIONS SUR STENDHAL

PARIS
LE DIVAN
37, rue Bonaparte, 37

1929

AVANT-PROPOS

Les feuillets de René Boylesve, que l'on présente ici, ne forment pas une étude suivie : ce ne sont que des notes, comme il avait l'habitude d'en prendre sur maint sujet ; mais leur abondance, sur le sujet de Stendhal, révèle le projet d'une étude.

Il les écrivit, presque toutes, dans la seconde moitié de 1914 et au commencement de 1915, à propos du livre de Léon Blum : *Stendhal et le beylisme*, qui parut chez Ollendorf à la veille de la guerre. Cette lecture l'entraîna à relire du Stendhal, ainsi que les pages à lui consacrées par Sainte-Beuve, Taine et Bourget. Un plan fut ébauché par René Boylesve ; quelques alinéas, rédigés ; mais la chose en resta là.

La date de 1914 étonne d'abord. Comment, lui dont la pensée toujours soucieuse fut irrémédiablement ravagée par la guerre et dès son début, comment a-t-il pu s'abstraire du drame à ce point, ne fût-ce qu'une heure, et s'attacher à un sujet qui n'y avait aucun rapport visible ou urgent ? Ce fut l'instinct de conservation morale qui lui inspira cette discipline de sereine apparence et de fond pathétique ; ce fut le besoin de sauvegarder son meilleur esprit, justement pour pouvoir l'appliquer au terrible drame. Et comme l'époque l'anéantissait d'autant mieux qu'elle le maintenait éloigné de l'action, c'est en dehors du drame qu'il pouvait trouver l'indispensable point d'appui : à savoir dans son propre sol, et dans la permanence du sol français représenté pour lui, dans ces circonstances où tout vacillait, par les Lettres. Stendhal ne fut d'ailleurs pas son seul recours en ce genre. René Boylesve relut dans le même temps Montaigne, Marc-Aurèle, et les annota aussi.

On ne peut se défendre d'un scrupule : en publiant, si savoureuses soient-elles, ces notes de premier jet où plus d'une phrase n'achève même pas son déroulement grammatical, ne blesse-t-on pas indiscrètement le souvenir de René Boylesve, qui aimait les choses finies ? On ne réfute certaines objections que par l'argument *ad hominem ;* et vous-même, Boylesve, n'auriez-vous pas regretté qu'on ne publiât point certaines pages inachevées de Stendhal ? Pourquoi, en l'honneur de Stendhal, ne vous ferait-on pas ouvertement honneur des lignes que vous lui avez consacrées ?

Disons enfin qu'on n'a pas hésité à reproduire les citations nombreuses auxquelles René Boylesve a accroché ses adhésions, ses objections, ou ses additions, — ceci était indispensable pour l'intelligence de son texte —, et même des citations non commentées, parce qu'un simple choix d'extraits peut fournir une précieuse indication sur l'esprit qui s'y exerça.

G. G.

I

NOTES POUR UNE ÉTUDE

RÉFLEXIONS SUR STENDHAL

1° Gloire paradoxale, pourquoi ? (non prévue, non cherchée). Pourquoi ? parce qu'il représente exactement le contraire de ce que semblent chérir nos mœurs contemporaines.

α. Il est avant tout psychologue ; et l'élite que la psychologie intéresse, n'est certes pas plus étendue [aujourd'hui] que du temps de Stendhal.

β. Il est « trop différent » pour plaire. Nous faisons parfois des succès à l'originalité, nous croyons même n'aimer que l'originalité ; en fait, nous appelons original ce qui est conforme à un certain mouvement encore en opposition avec la masse énorme du public, mais dûment adopté dans des milieux agités et puissants, souvent sanctionnés par les pouvoirs publics qui sont partisans de l'originalité.

γ. Son originalité véritable consiste à ne rien faire pour la Société. Or nous sommes éminemment au service de la Société. A de rares exceptions près, tous nos farouches indépendants parlent ou voudraient parler au public ; conservateurs ou révolutionnaires tiennent au fond le même langage : ils se piquent de toucher l'intérêt commun.

Toute la littérature française, depuis le XVIIe siècle, comme disait Brunetière, est « fonction de la Société ». Stendhal est, depuis Montaigne, le premier écrivain français qui n'exprime que soi-même ou que sa vision absolument désintéressée des hommes.

Il conviendrait de rapprocher de lui

La Bruyère et La Rochefoucauld, qui, toutefois, veulent être lus et, malgré leur audace extrême, approuvés. Au sommet de notre littérature, Pascal, si haut et si libre, n'est cependant pas seul ; il a en face de lui Dieu, et il écrit ses pensées dans une intention d'apologétique. Rousseau, indépendant, est un moraliste, un apôtre.

Stendhal, comme Claude Bernard devant la vérité scientifique, ne connaît que ce que sa géniale intuition lui fait découvrir de soi-même, des caractères étrangers, et de la Société ; et il n'est pas soupçonnable d'avoir une autre fin, en le disant, que d'exprimer ce qui lui paraît évident. Il convient d'ajouter que c'est à tort que de pareils écrivains semblent ne pas jouer leur rôle dans le concert social : ils servent la connaissance de l'homme, qui sert à toute la collectivité ; ils servent la littérature plus que tous les autres, par quoi ils contribuent à la gloire nationale en même temps qu'à celle de l'humanité ; et ils ont une plus grande chance de durée que ceux qui emploient leur talent à des utilités immédiates.

*

La gloire de Stendhal est à son comble. Je veux dire : la gloire telle que nous l'entendons communément, celle qui est proclamée par la Renommée aux cent bouches.

En réalité, la gloire véritable n'a rien de commun avec celle-ci qu'on dirait être le résultat du suffrage universel. La gloire véritable est d'occuper la ferveur d'une élite d'esprits si éminents qu'il y ait chance d'abord qu'ils se trompent peu et secondement que leur autorité transmettra votre nom plus sûrement que la foule oublieuse. Tout autre sorte de gloire peut intéresser, amuser, étourdir — et corrompre — un écrivain, mais ne saurait contenter intimement et profondément une grande âme.

J'imagine que, des Champs-Elysées où son incomparable esprit repose, Stendhal fut aussi satisfait lorsque les élèves de M. Jacquinet, à l'Ecole Normale, instituaient, avec raisons à l'appui, son culte[1], qu'il le peut être aujourd'hui où son nom fait branler presque toutes les têtes et allume un regard d'un si étrange malaise dans les yeux de malheureux, qui, sans le comprendre, se croient tenus de l'admirer.

*

Lorsqu'on s'apprête à dire ne fût-ce que quelques mots sur Stendhal, il faudrait honnêtement avertir son public et lui demander : « L'homme, tel que

1. Jacquinet est ce jeune professeur à l'École Normale qui révéla Stendhal à Taine et à ceux de la célèbre promotion.

Dieu et les circonstances de la vie l'ont fait, est-il pour vous sujet intéressant et que vous désiriez connaître ? ou bien ne vous attachez-vous qu'aux idées que la littérature vous habille plus ou moins heureusement en hommes ? »
On pourrait inviter ces derniers à ne point écouter.

II

NOTES DE LECTURE
SUR
VIE DE HENRI BRULARD

Stendhal comme maître, à cause de son horreur de l'emphase, des grands mots. Se souvenir qu'il dit, dans la *Vie de Henri Brulard*, que son grand-père ne tolérait pas qu'on prononçât un mot qui sentît la grandiloquence et que cependant il ne tolérait pas un mot bas. Stendhal s'est accoutumé dès son plus jeune âge à l'expression juste. L'horreur du style de Chateaubriand et des principes de M. Villemain ont fait le reste.

Personnellement, rien ne m'est plus odieux qu'un mot plus grand que ce qu'il signifie. Je le préfère pauvre, insuffisant, et que l'idée qu'il contient le fasse éclater.

*

« *L'exaltation espagnole à laquelle*

j'eus le malheur d'être sujet toute ma vie. » *Vie de H. B.*, II, 71. (Edition Champion, 1913.)

Qu'il est toujours, avant tout, un homme passionné. Il dit quelque part qu'il a la peau et la surface extérieure d'une femme ; il n'en a pas que cela ; il juge presque toujours par passion ; il n'a pas aimé les curés ni les rois par horreur de son père et de sa tante Séraphie ; il a horreur de Chrysale et de la comédie bourgeoise, même chez Molière, par haine de la vie bourgeoise de Grenoble ; il a horreur de Grenoble à cause des promenades à Claix ; et quand il arrive à Paris, il prend la ville en dégoût, parce qu'elle n'a pas de montagnes ! parce qu'elle n'a pas de montagnes comme en avait Grenoble qu'il détestait !...

« *Dans le fait, je n'avais aimé Paris que par dégoût profond pour Grenoble.* » *Vie de H. B.*, II, 82.

*

« *Je n'ai jamais cru que la Société ne dût la moindre chose. Helvétius me sauva de cette énorme sottise.* LA SOCIÉTÉ PAIE LES SERVICES QU'ELLE VOIT. » *Vie de H. B.*, II, 89.

« *Le Tasse [qui espérait que toute l'Italie ferait à son poète une pension de deux cents sequins] ne voyait pas, faute d'Helvétius, que les cent hommes, qui sur dix millions comprennent* LE BEAU *qui n'est pas imitation ou perfectionnement du* BEAU *déjà compris par le vulgaire, ont besoin de vingt ou trente ans pour persuader aux vingt mille âmes les plus sensibles après les leurs que ce nouveau beau est réellement beau.* » *Vie de H. B.*, II, 90.

*

Son goût pour l'Italie lui vient de sa passion pour la vérité, lui vient de son jugement *désintéressé*, puis de sa croyance à l'excellence des individualités exceptionnelles plutôt qu'à l'excellence d'une société ordonnée comme le fut la française.

Son goût pour les « brigands » qu'il avoue au début de l'*Abbesse de Castro*. Il admire l'individu énergique et en cela il est avec l'âme populaire, ce qui probablement lui fait écrire : « la fibre artiste qui vit toujours *dans les basses classes* ». (C'est lui qui souligne.) Vérité plus profonde qu'il ne l'a pensé peut-être, car il ne les croyait artistes que parce qu'elles aiment l'énergie ou l'individualisme héroïque contre le pouvoir; et elles sont artistes parce qu'elles contiennent l'inépuisable réserve de bon sens et de sensibilité à l'état naissant, qui fait inévitablement défaut aux classes supérieures déformées et usées par les conventions.

Sa manière d'opposer les brigands

italiens à la Société, et les motifs qu'il donne de les admirer fait penser qu'il serait aujourd'hui partisan des forbans modernes, des grands escrocs comme Deperdussin[1] qui volent trente-deux millions, mais avec cela font marcher les industries et avancer l'aviation par exemple, que les timides gens sages laisseraient volontiers inertes.

*

Le romanesque chez Stendhal.

Non seulement son « espagnolisme » auquel il fait de si fréquentes allusions ; mais se rappeler ce qu'il dit de sa conception de l'homme, la première année qu'il a vécu à Paris :

« *Un homme devait être, selon moi, amoureux passionné, et, en même*

1. Industriel fameux qui rendit des services à l'aviation dans les années d'avant-guerre, mais que ses procédés conduisirent à une faillite retentissante.

temps, portant la joie et le mouvement dans toutes les sociétés où il se trouvait.

« *Et encore cette joie universelle, cet art de plaire à tous, ne devaient pas être fondés sur l'art de flatter les goûts et les faiblesses de tous. Je ne me doutais pas de ce côté de l'art de plaire, qui m'eût probablement révolté; l'amabilité que je voulais, était la joie pure de Shakespeare dans ses comédies, l'amabilité qui règne à la cour du duc exilé dans la forêt des Ardennes.* » *Vie de H. B.*, II, 111.

*

Stendhal manque du sens réaliste ; il ne l'a acquis, à un degré prodigieux, que par dépit et par rage ; son réalisme est le résultat d'un romantisme ou, si l'on veut, d'un idéalisme froissé.

Après avoir écrit ceci, je trouve :

« *La sagacité, qui n'a jamais été*

mon fort, me manquait tout à fait. J'étais comme un cheval ombrageux qui ne voit pas ce qui est, mais des obstacles petits ou imaginaires.» Vie de H. B., II, 115.

*

« *Quelle différence si M. Daru ou Mme Cambon m'avait dit, en janvier 1800 : Mon cher cousin, si vous voulez avoir quelque consistance dans la société, il faut que vingt personnes aient intérêt à dire du bien de vous.» Ibid.,* II, 120.

*

« *Virgile me faisait horreur, comme protégé par les prêtres qui venaient dire la messe et me parler de latin chez mes parents.»* II, 132.

*

« *Je crois voir que ce qui me défen-*

dait du mauvais goût d'admirer la CLÉOPÉDIE *du comte Daru et, bientôt après, l'abbé Delille, c'était cette doctrine intérieure fondée sur le vrai plaisir, plaisir profond, réfléchi, allant jusqu'au* BONHEUR, *que m'avaient donné Cervantès, Shakespeare, Corneille, Arioste, et une haine pour le puéril de Voltaire et de son école.* » II, 133.

Très important !

*

« *L'expérience m'a appris que la majorité laisse diriger la sensibilité aux arts, qu'elle peut avoir naturellement, par l'auteur à la mode : c'était Voltaire en 1798, Walter Scott en 1828.* »

*

Il dit que son admiration ancienne pour l'Arioste venait de ce qu'il prenait tout à fait au sérieux les passages tendres et romanesques. Et il ajoute :

« *Ils frayèrent, à mon insu, le seul chemin par lequel l'émotion puisse arriver à mon âme. Je ne puis être touché jusqu'à l'attendrissement* QU'APRÈS UN PASSAGE COMIQUE. » P. 135.

III

NOTES DE LECTURE SUR *STENDHAL ET LE BEYLISME* DE LÉON BLUM

Léon Blum signale une vérité :

« *Comme tous les artistes entièrement sincères, et qui n'ont jamais été prisonniers d'une école, d'une manière, ni même d'un succès, il est mobile, versatile, contradictoire.* » P. 2.

Je crois que c'est le propre de la nature humaine d'être ainsi ; et qu'elle est d'une façon générale ainsi, quand elle n'est pas canalisée, endiguée par une des trois choses que signale Blum. Et c'est ainsi qu'est Montaigne, etc. Insister là-dessus : l'homme est naturellement « ondoyant et divers » ; l'unité ne lui est fournie que par des occasions extérieures.

*

Il a l'intelligence de ne point songer à obtenir une physionomie *une* de

Stendhal, ce qui serait (c'est moi qui dis cela) appliquer à son ombre la geôle d'un succès qu'il ignora étant vivant.

« *Il faut procéder*, dit Blum, *à la manière des romanciers, et pour faire saillir le personnage, l'engager dans des épreuves ou dans des péripéties réitérées.* »

*

P. 3. Son but n'est pas d'apporter des nouveautés, ni de « présenter une théorie forte : c'est seulement de faire revivre un personnage réel. »

Il s'agit donc simplement de pénétrer avec un lecteur très intelligent dans l'œuvre de Stendhal et d'essayer de nous figurer l'homme qu'il a été. C'est, en somme, un peu se conformer à la méthode sorbonienne tant critiquée ces dernières années : étant donné un homme dont la gloire est incontestée, connaissons-le, sans plus.

La tâche de la plupart des critiques, reconnaissons-le, consiste à se substituer à l'auteur même qu'ils étudient. Ils voient la réalité, comme la plupart des hommes et même des artistes, sans respecter son intégrité ; ils la voient pour leur plaisir, c'est-à-dire, la plupart du temps, pour le plaisir de se substituer à elle, de se réaliser eux-mêmes à l'occasion d'une réalité objective. Cette soumission à l'objet que nous trouvons ici, doit tout d'abord être louée.

*

P. 5. Il se demande avec raison si la lecture de *Rouge et Noir* et de la *Chartreuse* fut vraiment, comme on l'a dit, une leçon d'énergie (et voici une marque de l'interprétation des meilleurs critiques), et si elle ne fut pas, au contraire, agissant à l'inverse de l'action.

« *L'avenir jugera*, dit-il, *d'après les*

résultats acquis, s'il faut la tenir pour un tonique ou pour un toxique. »

*

P. 6. Il a encore bien raison de ne vouloir pas admettre, comme l'a fait Sainte-Beuve, que le vrai Stendhal est celui qu'ont connu vers 1821 Mérimée, Ampère, ou Jacquemont, c'est-à-dire à l'âge de quarante ans, c'est-à-dire au moment où, familiarisé avec le monde, il est en pleine possession de savoir se dissimuler.

« *Le vrai Stendhal*, dit-il, *c'est celui de l'éveil à la vie..., celui que nous ne connaîtrions par personne si nous ne le connaissions par lui-même. L'intérêt essentiel du* JOURNAL *révélé par Stryienski et M. de Nion, de la* CORRESPONDANCE, *et surtout des lettres publiées par M. Paupe d'après les autographes Chéramy, est de démontrer, pour qui sait lire, cette vérité primordiale...* »

Le *Rouge*, écrit à quarante-sept ans, et la *Chartreuse*, à cinquante-six ans, ne sont que le développement réfléchi et la mise en œuvre romanesque de ces premiers écrits.

Comme tous les hommes qui demeurent entièrement eux-mêmes, et que ne gouvernent ni ne façonnent les circonstances extérieures, Stendhal est resté l'homme du temps de son enfance.

Méfions-nous des hommes qui se plaignent des misères de leur enfance. Ils n'ont jamais rien tant aimé que de se plaindre. Leurs malheurs sont aussi chimériques que leurs joies ; quand ils décrivent celles-ci, ce ne sont pas les réelles, mais celles qu'ils s'imaginent désirer.

Blum lui-même signale que dans la période de 1809 à 1812 Stendhal ne nous donne pas de renseignements, « sans doute parce qu'il s'y sentit à peu près heureux, et que le bonheur ne se confesse pas ». Fuyons donc le bonheur ! Le bonheur est l'ennemi de la littérature. Stendhal ne dit-il pas lui-même : « Aurai-je le courage de parler des années 1818, 1819, 1820, 1821...? Je craindrais de déflorer les moments heureux en les décrivant, en les anatomisant... C'est ce que je ne ferai point, *je sauterai le bonheur...»* Paul Bourget ajoute : « Si ce bonheur avait été plus complet encore, nous n'aurions pas eu ce livre (*Les souvenirs*) ni probablement le *Rouge* et la *Chartreuse.*»

Stendhal lui-même a reconnu qu'avec un peu plus de tendresse on eût fait de lui « un niais comme tant d'autres ». Est-ce bien vrai ? n'est-ce pas ici faire à l'éducation la part trop belle ? Certes elle intervient dans la formation d'un caractère; mais sont-ce bien les circonstances qui, seules, font les réfractaires ? L'état de réfractaire est une passion ; c'est un état très cher à celui qui dit en souffrir, et qu'il préfère même au bonheur commun. Ne sentez-vous pas avec quel mépris Stendhal dit « un niais comme tant d'autres » ?

*

P. 10. « *La société de la Restauration où tant de critiques s'obstinent à le situer, ne fut pour lui qu'un milieu étranger, inerte,... et qu'il jugea toujours en homme de parti.* »

Paul Bourget l'avait fort bien dit : « *Depuis sa dix-huitième année il n'a rien acquis, sinon plus d'ampleur de ses tendances premières.* »

*

P. 13. « *Pour le développement d'un Stendhal, cet état d'incohérence était le milieu choisi* », etc...

*

Pp. 14-15. « *Il a la mémoire affective*

et la mémoire visuelle... Il n'a la mémoire ni des événements ni des dates.»

*

P. 21. Le fait « qu'un peu d'entraînement corporel, de ce qu'on appelle aujourd'hui culture physique, aurait pu, comme le dit Léon Blum, faire contre-poids à cette sensibilité anormale », donne à songer... C'est vrai, je le crois. Et aussi la même culture qui aurait détruit Stendhal, aurait arraché toute sa vigueur morale à Pascal ! Et Rousseau, qu'eût-il été avec une jeunesse sportive ?

En lisant cette biographie de Stendhal, en étant témoin de l' « oppression » dont il est victime de la part de ses parents, en reconnaissant que ce sont ces souffrances d'enfant qui ont développé [en lui] le goût de la méditation solitaire, l'indépendance de l'esprit, qui lui ont conservé « les nerfs délicats, la peau d'une femme », on se demande s'il y a à regretter quelque chose. Et que serait *Le rouge et le noir* sans toutes ces particularités ?

Une éducation sportive aurait-elle permis cette émotion du jeune Beyle, à quatorze ans, en présence de Mlle Kably : « Si quelqu'un la nommait devant moi, je sentais un mouvement singulier près du cœur : j'étais sur le point de tomber. »

*

N'est-il pas étrange que la renommée éclatante de Stendhal se produise à l'époque la moins apte à former des Stendhals, et où toute sa sensibilité excessive est la chose la plus étrangère ?

*

D'après Léon Blum, « *son idée de l'amour* (à Stendhal), *toute fictive, ne pouvait s'étendre librement que dans le domaine de la fiction... C'est que, chez lui, l'avidité amoureuse, formée ou forcée par la lecture, alimentée par la rêverie, dépendait de l'imagination seule.* »

Mais n'en est-il pas de même de tous les amours qui ont laissé une trace dans les écrits des hommes? et n'est-ce pas cela seulement qui mérite le nom d'amour? Celui qui résiste à la réalité, nous savons bien ce qu'il est s'il prend un caractère passionné, et je ne crois pas que ses chantres trouvent jamais chez les hommes un intérêt durable; ou bien il est la bonne entente ménagère. Qu'est-ce qu'un amour où l'imagination ne règne pas?

*

P. 27. « *La même influence éducative, qui déterminait son idée de l'amour, fixait dans un sens analogue sa conception du monde et de la fortune. Sur les données des romanciers et des poètes..., il construisait complai-*

samment des destinées imaginaires et une société illusoire. »

J'aime bien cette critique de la part de Blum, réformateur social. De deux choses l'une : ou il faut supprimer l'imagination dans l'éducation et l'on fera des hommes peu amoureux et peu utopiques, c'est-à-dire d'affreux réalistes dans les choses de l'amour et de cyniques profiteurs en politique...

*

Ne voit-on pas partout que les gens les plus mécontents, les plus fielleux, sont ceux qui se trouvent logés dans l'entre-deux, à mi-chemin des heureux du monde ou [des] trop gros privilégiés qui n'osent pas gémir, et des vrais malheureux qui ou bien ont autre chose à faire que crier, ou bien puisent dans leur détresse vraie ce certain orgueil, antidote fourni par la nature et qui nous sauve dans les plus grands maux

— la fierté muette de souffrir, — qui ne se différencie que d'un degré de la fierté loquace de n'être pas aussi heureux qu'on veut y avoir droit.

En somme, ne pourrait-on pas se demander si l'éducation la plus cahotique et la plus dérisoire n'est pas la plus favorable à l'éclosion de cette sorte de monstre qu'est l'homme de lettres ? Ce qu'il ne faut pas souhaiter pour les hommes qui ne sont pas destinés à trouver par eux-mêmes l'harmonie finale, ou seulement à se trouver, est au contraire désirable pour cette sorte d'aventurier qui doit tout tirer de son expérience, et dont le propre est de jeter partout la sonde et de se buter la tête contre les murailles afin de connaître quel est le degré de résistance du crâne et du cerveau humain.

*

P. 33. « *Les hommes méfiants par*

système sont généralement les plus exposés à l'erreur. »

*

P. 33. Blum dit très bien : « *Par-dessus tout, une grande opinion et une constante préoccupation de soi-même, nées l'une et l'autre de la vie contractée et solitaire...* »

L' « imperméable », le récalcitrant, selon Faguet.

On est si bien ce que l'on doit être, et nullement ce que l'on veut être ! Voyez Stendhal qui ne voit le monde qu'à travers Shakespeare : le rappelle-t-il en quelque façon ?

De quel effroyable repliement sur soi-même, de quelle vision surchauffée du monde un tel aveu ne doit-il pas être le signe : « Quand j'aurai joui, dit Stendhal, pendant six mois de six mille francs de rentes, je serai assez fort pour oser être moi-même en amour »! Voilà un étau qui, plus que l'éducation première, a dû produire cette chair contuse et aigrie, cette âme exceptionnelle, cet appétit insatiable et romanesque d'amour!...

Il n'y a point d'épreuve telle que d'être privé d'habit et du moyen de payer un fiacre, quand on atteint l'âge de l'amour!

*

Pp. 59-60. Je ne serais pas de l'avis de Blum, lorsqu'il dit que la cause profonde du malaise éprouvé par Stendhal dans le monde (malaise selon moi sublime) « gît dans son ombrageuse et souffrante vanité ». Qu'il l'ait avoué lui-même, je ne m'en soucie pas : il l'a avoué par un reste de pudeur devant le monde de ses futurs lecteurs, parce qu'il savait bien qu'il n'y a pas d'excuse aux yeux des hommes à avoir paru sot dans le monde. Mais il est paralysé dans le monde, comme le reconnaît M. Blum, parce qu'il cherchait à y exprimer « des sentiments forts », à y parler comme il le faisait avec lui-même. C'est le génie parmi les badins, les baladins : Stendhal, dans le salon Daru, inaugurait l'humeur hautaine des grands littérateurs de la seconde partie du XIXe siècle, contempteurs du monde où l'on ne peut pas être soi-même, où l'on ne peut pas réaliser la personnalité qu'ont formée et votre don premier et votre méditation et votre travail, et qui répugnaient à se mettre au niveau des gens qui n'ont pris que la peine de naître et d'être charmants.

« L'agrément mondain a pour principe le naturel », dit Léon Blum. S'il disait l'aisance, je comprendrais. J'y opposerai l'aveu pathétique de Stendhal : « Je sens bien que ma manière naturelle ne saurait leur plaire, et que, cependant, je suis jaloux de leur plaire... » Conflit tragique entre la Société et l'individu ; préparation à la période de la vie italienne où l'individu et le *naturel* sont plus libres, plus réalisables.

*

P. 63. Blum dit que l'état créé par le phénomène de *l'imagination renversée*, que Stendhal appelle une erreur d'homme supérieur, est le pire état, puisqu'il y manque la grande consolation de l'orgueil. Mais non ! Ce serait dire que le meilleur état est dans l'harmonie parfaite, et non dans la lutte douloureuse. C'est toujours cette autre erreur moderne qui consiste à opposer à la douleur féconde, à cette chère douleur créée par le christianisme, l'état dyonisiaque où l'on se domine, où l'on domine tout, où l'on n'a plus qu'à chanter victoire. Il n'y a rien de plus lassant et de plus vide à la fin que les chants de triomphe. La loi de la vie est la contradiction, la lutte, la douleur.

*

Blum dit que, dans l'œuvre de Stendhal, « *jamais, au grand jamais, on n'aperçoit le ton du réquisitoire, de la revendication sociale. S'il eût été en situation d'en profiter mieux, cette vie ne lui eût même pas déplu, et bien au contraire.* » P. 68.

Certes, il avait la conception de la vie de société, brillante, élégante ; et rien de plus éloigné de lui que la revendication sociale. Mais, s'il ne se plaisait pas dans cette société, c'est qu'il la trouvait médiocre ; s'il ne pouvait se plier à ses exigences, c'est qu'il pensait et sentait fortement, et qu'il se trouvait, comme il le dit, au milieu « d'un peuple de vaudevillistes ».

Stendhal est atteint de l'hypertrophie du moi, qui a fait presque tous les grands écrivains modernes. Et il vit à une époque où le goût vif et l'habitude de la vie de société cause un conflit aigu, permanent, avec cette maladie. Il est, avec ça, de son temps ; il croit au monde, aux salons ; son ambition, à cet homme qui n'a écrit que pour le lecteur de 1880, est de plaire !

*

Stendhal a le naturel — assez détestable pour autrui — des hommes sensibles qui n'ont pas dans la vie un but étranger à eux-mêmes. Il rêve sans cesse d'*autre chose* : à Milan, même au fort de sa passion pour Métilde, il rêve de notoriété parisienne ; revenu à Paris, il a la nostalgie de l'Italie et de sa vie facile. Il est possible que là où cette sensitive souffrit le moins, ce fut au cours de ses campagnes de Russie et de Saxe, ou quand il alla défendre le Dauphiné, — en fait : quand il fut enrôlé dans une société dure, mais organisée.

Blum me fait bien sentir cette tragique histoire d'un homme qui fut partout et toute sa vie étranger. Etranger dans la maison natale ; partout, depuis, sans domicile et sans meubles, sans famille depuis le mariage de sa sœur Pauline en 1808, sans femme, sans enfant, à peu près sans maîtresse ; et aucun de ses amis ne semble l'avoir connu.

*

Blum constate avec justesse et la précocité intellectuelle et sensible de Stendhal et la durée, indéfinie chez lui, des caractères de la jeunesse : même appétit de bonheur, même capacité de souffrance. Il n'a pas changé parce qu'il n'est pas sorti de lui-même.

Conséquence : les héros de ses

romans sont de tout jeunes gens. Julien Sorel, Lamiel, Lucien Leuwen, Octave de Malivert, Fabrice del Dongo, n'atteignent pas trente ans. « Passé la jeunesse, Stendhal ne s'intéresse plus à ses héros », p. 93. « Ses romans ne sont ainsi, dans leurs parties essentielles, qu'une sorte d'autobiographie retrospective », p. 94.

*

Sainte-Beuve lui a reproché le manque d'invention.

Un écrivain qui a trouvé, pour M. de Rénal qui vient de lire une lettre anonyme et croit qu'il est trompé, cette consolation : il pense à sa maison où le roi a couché, et à son château de Vergy dont la façade est peinte en blanc et les fenêtres garnies de beaux volets verts. « *Il fut un instant consolé par l'idée de cette magnificence.* » Evidemment Stendhal invente ce trait de psychologie humaine, il n'a rien éprouvé de semblable. Voilà de l'imagination.

Blum le défend avec raison : « *Stendhal est dénué d'invention au sens où Balzac en abonde, c'est-à-dire qu'il n'est pas inventeur de types (?), d'actions, de péripéties... Le mode d'invention qu'on pourrait qualifier de dramatique lui fait presque complètement défaut... Mais ce travail* (de l'invention) *peut s'accomplir sur l'observation intime comme sur l'observation extérieure... C'est sa propre sensibilité qu'il fait rayonner en tous sens ; il s'invente incessamment lui-même.* »

Dire un mot sur ce malentendu, qui dure encore, touchant ce qu'on entend par invention.

*

P. 104. « *La vérité des sentiments est la seule à laquelle puisse prétendre un roman construit par de semblables procédés.* »

*

P. 105. Il dit avec raison que *La Chartreuse* n'est pas, comme on l'a cru, une reconstitution de la Renaissance italienne, « un produit de l'observation objective », mais que tout y est transposé dans l'âge moderne, après avoir été puisé d'une chronique ancienne, « pour l'unique vraisemblance du personnage principal ».

*

P. 107. « *Pourvu qu'il s'y puisse situer sous un aspect nouveau, pourvu qu'il y trouve un cadre, un éclairage aux émotions acquises et aux actions possibles, toute aventure lui est bonne.* »

Noter que le fait que tous les romans de Stendhal sont empruntés à des chroniques historiques ou judiciaires ou même, comme Leuwen, un peu dérobés à son prochain, prouve précisément la puissance d'invention chez Stendhal, puisque tous les détails — et l'on sait de quelle valeur ils sont — ne sauraient être empruntés, ne sont même pas fournis par des souvenirs personnels, mais surgis de cet immense jet du *possible* qui caractérise précisément le romancier inventeur.

Au sujet de *Lucien Leuwen* (v. p. 108) Blum exagère un peu sa thèse de l'autobiographie dans les romans de Stendhal. Il y a dans ce remarquable, cet exceptionnel roman de *Lucien Leuwen,* une partie objective prédominante. Il ne semble pas que ce soit celle qui intéresse le plus M. Blum. Cependant il me semble que Stendhal y a porté sur la société française, et sur ce qui la constitue essentiellement, un jugement d'une extraordinaire lucidité, et qu'il s'est surtout complu à cette peinture sociale, non moins forte et beaucoup plus fine que chez Balzac. *Leuwen* est le roman balzacien de Stendhal, et la comparaison un peu poussée des deux génies eût été bien intéressante.

*

P. 118 « *Savoir dans quelle mesure Stendhal a voulu se peindre en ce personnage* (Julien Sorel) *est la plus ancienne des controverses stendhaliennes.* »

Il faudrait ajouter que c'est une des plus puériles. Il faut bien ignorer le fonctionnement du travail intime chez le romancier pour se poser de pareilles questions. Je ne crois pas que le romancier doué du moindre génie s'applique jamais ni à se peindre ni à peindre un personnage vu; mais ce qu'il sait d'un personnage, et plus encore, bien entendu, ce qu'il sait de soi-même, opère en lui la suggestion du possible ou du vraisemblable. Pour le romancier, le vraisemblable seul existe et prend le pas sur le vrai. Cela donne le change aux lecteurs, et même aux critiques trop habitués à s'occuper d'écrivains de second ordre pour lesquels le portrait ressemblant — qu'il soit d'un modèle ou de l'auteur se mirant complaisamment — est en effet la grande et habituelle ressource. Quand il s'agit d'un Stendhal, la confusion doit être évitée.

Stendhal a dit à ses amis que Julien Sorel n'était autre que lui-même, comme Flaubert a écrit : « Madame Bovary, c'est moi[1] ! » Ce sont boutades d'auteurs qui s'expriment un peu grossièrement, parlant aux hommes, et qui n'expriment pas les nuances de leur conscience. Julien, c'est Stendhal ;

1. Dans une conférence qu'il fit aux *Annales*, René Boylesve a dit de même : « Mademoiselle Cloque, c'est moi ! »

Madame Bovary, c'est Flaubert, oui, sans doute ; mais c'est Stendhal et Flaubert *en travail*, et concevant, dans la mesure où leur seul cerveau à eux le permet, le possible ; — ce qui distend et altère singulièrement la personne de Stendhal et de Flaubert.

*

P. 122. Blum fait remarquer que Charles Monselet s'indignait de voir en Julien « la mauvaise jeunesse de Rousseau qui recommence » ; que M. E. Melchior de Vogüé le tient pour « une âme méchante ».

Sur les scélératesses dont il arrive qu'un romancier aime à charger un ou plusieurs de ses héros, ne concluons pas que l'écrivain, qui visiblement a prêté plusieurs de ses propres traits à son personnage, soit un monstre. Mais n'oublions pas que le véritable romancier, c'est-à-dire celui qui est le miroir de la vie humaine, est à lui seul un résumé de l'humanité, qu'il trouve en lui, — ce que ne conçoivent heureusement pas la plupart des hommes, — tout le ramassis humain ; il contient toutes les possibilités humaines, et ce n'est pas qu'honnête matière. Et s'il n'est pas, dans sa vie souvent paisible, s'il n'est pas homme à exécuter ce qu'il conçoit, et s'il fait figure d'honnête homme, et s'il force même la figure de l'honnête homme et en lui et en certains de ses types, c'est par horreur de ce qu'il sent si proche du possible en lui ; il objective son monstre comme pour se débarrasser d'un cauchemar.

« *La différence entre Julien et Stendhal*, dit Léon Blum, *est que l'homme s'en est tenu le plus souvent au projet et au remords, tandis que le personnage de roman s'exécute* », p. 125.

*

Pp. 132-133. Sur l'hypocrisie, grave débat. Léon Blum prend assez justement la défense de Julien Sorel contre les austères moralistes qui le condamnent comme « par trop odieux ». (C'est le dernier jugement de Taine.) Mais il fallait le défendre du point de vue psychologique seulement, tandis qu'il veut le défendre du point de vue moral, et c'est là que je l'abandonne. L'éloge de l'hypocrisie et sa confusion avec le stoïcisme est inadmissible. Dans ce que nous entendons par hypocrisie, il y a toujours dissimulation de son sentiment véritable, en vue d'une fin, utilitaire ou par une lâche crainte de s'exposer ; le masque stoïque du visage qui cache sa douleur pour nier aux yeux des hommes son humaine faiblesse et pour se raidir contre la peur, est moins dans un but de conservation égoïste que dans celui de sauvegarder le sentiment de la dignité humaine. Je ne conçois pas de rapprochement entre les deux attitudes.

Julien Sorel, du point de vue moral, ne me paraît pas défendable ; mais je me garderai bien d'en amoindrir la valeur en tant que type romanesque, à cause de cela. Il a bien un genre d'hypocrisie que nous ne saurions innocenter, mais que nous reconnaissons comme très possible, comme très humain, comme infiniment vraisemblable, et cela suffit.

*

Pp. 137-138. J'aime infiniment mieux Léon Blum lorsqu'il défend Julien Sorel contre l'accusation d'être le prototype de ce que nous appelons aujourd'hui « l'arriviste », contre cette « disposition, disait Sainte-Beuve, à faire son chemin, qui semble désormais l'unique passion sèche de la jeunesse instruite et pauvre ». C'est une confusion que l'on a faite, faute d'avoir sous la main, en littérature, un type d'un relief égal, à rapprocher de l'ambitieux vulgaire de nos jours. Mais, comme le dit très bien M. Blum, l'arrivisme ne connaît pas les imprudences généreuses d'un Julien. « *Qu'est-ce qu'un ambitieux qui méconnaît son avantage matériel, qui se rebelle contre les puissants, qui ne sait que son penchant et sa sympathie ?..... Il ne se forme pas, comme de Marsay ou de Trailles, comme Rastignac après les leçons de Vautrin, une idée toute matérielle de la fortune.* » Pour que Julien ne fût pas l'ambitieux, Léon Blum trouve la véritable raison : « il était trop intolérant de l'ennui ». Toute cette partie de la défense de Julien est des meilleures du livre ; et il dit, en terminant, que c'est parce qu'il est vraiment jeune qu'il demeure abrité des aboutissements naturels à quelques-unes de ses tendances.

N'oublions pas que « l'espagnolisme » de Stendhal imprègne Julien. « Les âmes à l'espagnole, dit très bien Léon Blum, ne savent pas faire les frais qu'il faut. »

*

P. 144. Blum a raison contre Barrès qui a fait de Stendhal un professeur d'énergie. « *Stendhal*, dit-il, *professe l'énergie, mais l'énergie dans l'émotion plutôt que dans l'action ; et l'action elle-même n'est énergique à son gré que lorsqu'elle est désintéressée, lorsqu'elle traduit, sans nul espoir de récompense, une émotion pleine ou une passion forte.* »

*

P. 145. Opposition aussi avec Balzac, chez qui la volonté « n'est que la volonté d'acquérir ou de dominer... Il

(Stendhal) prêche le bonheur solitaire et qui se suffit à lui-même », etc.

De là vient qu'il nous semble beaucoup plus aristocrate et « distingué » que Balzac obsédé par l'idée sociale. Stendhal cultive l'individualisme pur ; il a, sans rien autre de chrétien, l'égoïsme hautain d'un monsieur de Port-Royal qui travaille à son salut, entendez ici : au perfectionnement de sa nature passionnelle, à l'intensité de plus en plus grande de sa faculté d'éprouver.

*

Pp. 160 et ss. Caractère du Beylisme ; c'est *1° « la croyance à la généralité de la méthode..., la conquête du bonheur peut s'opérer suivant les mêmes règles que la recherche de la vérité » ;*

2° « le second caractère du beylisme est de s'appliquer exclusivement à une élite. »

*

P. 174. Blum signale ce caractère baroque du beylisme qui consiste à chercher le Bonheur et, pour cela, à partir des principes qui faisaient aux philosophes sensualistes du XVIIIe siècle chercher le *plaisir* parfaitement convenable à des cœurs secs, à des ambitions positives. Stendhal propose à des âmes passionnées le Bonheur, et il leur donne, pour y parvenir, la pauvre mécanique du *plaisir*. Nul élément sensuel ni matériel n'entre plus dans le Bonheur conçu par Stendhal ; « *il intéresse les énergies profondes de l'âme ; il implique un élan, un risque, un don où la personne entière s'engage ; il est indépendant de l'action et n'a rien de commun avec la fortune et le succès... ; il est une extase spirituelle où toute la médiocrité du réel s'abolit.* » P. 175.

Ceci est le point culminant du livre de Blum.

C'est un des traits principaux de Stendhal, nostalgique, comme un chrétien, d'un Bien absolu qui se confond avec un Beau absolu. Et le contraste est choquant, des moyens par lesquels il pense y parvenir.

*

P. 176. Il signale que Stendhal avait, déjà tout jeune, pressenti le défaut de son système quand il écrivait de son philosophe favori : « Helvetius a peint vrai pour les cœurs froids, et très faux pour les âmes ardentes. »

Stendhal a dit aussi que ce qui l'avait préservé, lors de ses débuts parisiens, de la mesquinerie du milieu ou du mauvais goût d'aimer Delille : « c'est cette doctrine intérieure fondée sur le vrai plaisir, plaisir profond, réfléchi, allant jusqu'au bonheur, que m'avaient donné Shakespeare et Corneille. »

*

P. 177. « *L'espagnolisme*, dit Blum, *c'est-à-dire ce sentiment altier de la dignité intérieure qui écarte les récompenses mesquines et ne veut pour l'âme que de grands objets.* »

*

P. 178. Il rattache justement l'éthique passionnée de Stendhal à Rousseau.

Mais quand Blum dit « qu'il n'y avait pas en France d'âmes ardentes avant l'immortel Jean-Jacques et la Révolution », il faudrait spécifier que c'est du XVIIIe siècle dont on parle, car cette assertion serait singulièrement fausse du précédent. Encore faut-il songer que Vauvenargues s'est à peine exprimé, qu'il y a Julie de Lespinasse, que la veine de passion, qui depuis

Pascal et Corneille[1] avait secoué le siècle précédent, est seulement passée de mode, qu'elle existait peut-être sans se traduire.

*

Pp. 179-180. Il signale excellemment la contradiction qui est au cœur même du beylisme : l'opposition entre la méthode mécanique, issue de la volonté et de l'intelligence sèche, et cet aboutissement recherché au bonheur, à « *un bonheur qui est un don, une grâce, quelque chose comme un spasme extrême de la tendresse et du rêve ? quel rapport entre les démarches concertées de l'esprit ou de la volonté et cette extase poétique et presque mystique du cœur ?* »

1. René Boylesve n'avait d'abord écrit que « Pascal ». Il a ajouté en surcharge « Corneille », songeant au goût de Stendhal pour le grand tragique.

Ne pourrait-on pas ici songer à une comparaison avec Barrès si appuyé lui aussi sur la méthode et sur toute une discipline savante de la volonté, et qui ne semble se réaliser pleinement que dans une large et pleine effusion poétique? J'y verrais là, pour ma part, des natures qui consciemment ou non sont trop riches, qui tendent instinctivement à la dispersion, et qu'un instinct oblige à se canaliser étroitement. « Je fais tous les efforts possibles pour être sec, écrit Stendhal. Je veux imposer silence à mon cœur qui croit avoir beaucoup à dire ».

*

Pp. 184 et ss. « *Même contradiction de son esthétique : il tient les procédés de l'artiste pour une technique définie et certaine, c'est-à-dire pour une science...; mais, en même temps, l'inspiration créatrice et l'extase de la contemplation devant le Beau lui apparaissent comme la réalisation d'un mystère, comme une pure émanation de la vie profonde, comme une sorte de révélation ineffable qui sourd des plus secrètes régions du cœur.... Stendhal dira tour à tour, ou tout à la fois, que l'œuvre d'art est un produit quasi nécessaire, et que l'expression, c'est-à-dire la vie spirituelle, est tout l'art.* »

Et n'est-ce pas là l'étonnante, mais la stricte vérité ?

« *La condition même de l'art,* dit très bien Blum, *est que l'opération préalable s'absorbe dans son résultat. Il s'agit non plus d'expliquer une émotion, mais d'en communiquer la qualité et la force ; non plus de cataloguer les mobiles d'un acte, mais d'en faire saillir le sens humain ou l'accent dramatique ; non plus de dénombrer les éléments d'un caractère, mais d'en faire sentir la vie propre, l'indivi-*

dualité spéciale. L'analyse échoue à cette tâche... La synthèse évocatrice dont la poésie est le mode le plus parfait, peut seule nous faire entrer en communication avec l'émotion pure, avec l'être vrai, avec les points centraux de la vie. »

*

P. 197. « *Les plus grands maîtres de la psychologie amoureuse : La Bruyère, Racine, ou Marivaux, avaient traité l'amour comme un sentiment à forme unique... Stendhal a vu le premier que deux êtres pouvaient éprouver l'un pour l'autre des sentiments exactement qualifiés d'amour, bien que d'essence différente, et que cette illusion d'amour partagé pouvait conduire aux plus aigus déchirements du cœur. Il a compris que deux variétés d'amour pouvaient s'affronter aussi douloureusement que l'amour et l'indifférence...*

« Rien n'ennuie l'amour-goût, écrit-il, comme l'amour-passion chez son partenaire »... *Il ouvrait, au delà de la tragédie racinienne, des avenues toutes neuves...* »

*

Pp. 205 et ss. Il croit que Stendhal n'a guère connu que l'amour de tête, que toute la passion dont il parle et aime tant à parler est un désir remonté au cerveau (se rappeler par comparaison ce qu'il appelle son imagination renversée : tout revient au cerveau chez Stendhal), et il ne croit pas que Stendhal ait guère connu l'amour où la possession, « du moins chez la femme », dit-il, renverse les formes de l'amour.

Eh bien ! je serais tenté de croire qu'il y a deux sortes d'amour : l'amour tel que l'entend M. Léon Blum, qui ne s'exprime pas en paroles, qui n'est à peu près pas objet de littérature ; et l'amour tel que l'ont fait les cérébraux, précisément ceux de qui l'imagination est renversée, autrement dit les poètes, et je pourrais ajouter : autrement dit les chrétiens ; qui a passé dans l'imagination des hommes, par la même voie que tout ce qui est dans l'imagination des hommes et qui vient des poètes ; et que cet amour qui s'exprime, et que cet amour qui trouve des accents sublimes, et que cet amour qui hausse l'homme au-dessus de lui-même, ce n'est pas l'amour platonique, non certes, mais c'est un amour où ces fameux contacts, auxquels Blum attache tant de prix, ne sont pour ainsi dire qu'accessoires. La vue, la présence, la possession d'une lettre, d'une mèche de cheveux — selon les règles de la suggestion hypnotique — y opèrent plus sûrement que les plaisirs de l'étreinte. C'est cet amour-là dont a surtout parlé Stendhal, parce que c'était l'amour tel qu'on le concevait de son temps, — malgré les libertés du XVIIIe siècle, si proches de lui par ailleurs, malgré les théories de Sénancour, si proches de celles M. Léon Blum. J'ose ajouter que la sorte d'aberration qui cause l'obsession amoureuse, si elle n'est point un phénomène d'imagination, je ne la vois pas possible ; et sans cette aberration, essentiellement « de tête », que devient l'amour, sinon une sorte de sport où l'on varie son partenaire comme on change aujourd'hui d'appartement, selon le plus ou moins de confort qu'il vous offre ?

*

P. 206. « *Il a très peu réussi auprès des femmes* », dit Léon Blum.

Mais un homme qui a réussi auprès d'un grand nombre de femmes, peut n'avoir point du tout aimé, témoin don Juan. Et un tel vainqueur, aux rameaux innombrables, que rapporte-t-il de sa randonnée, je vous le demande? non pas un livre comme *De l'amour,* mais un sec chiffre qui vous fait quelque horreur: « mille et trois! » Jamais on ne me fera entendre que Valmont soit un amoureux. Gardons le mot « amour » à ce que le christianisme nous a appris à considérer comme tel: une sorte d'exaltation épurée du désir humain, et restons avec Stendhal, avec son bel « espagnolisme » quand il nous parle de l'amour-passion. Admirons cet homme, qui malgré ses velléités stratégiques — car il est toujours tourmenté par le XVIIIe siècle —, « lorsqu'il se trouve en présence de l'objet aimé, comme le reconnaît M. Blum, se sent étouffé par l'émoi et par la crainte ». Ou admettons, si vous préférez, ce mystérieux amour qui tout à coup en impose aux plus habiles stratégistes et les vainc et les écrase, comme une puissance céleste dont nous devons reconnaître la grandeur.

*

P. 216. « *Dans son journal, quelques jours avant son départ pour Marseille, il avait lui-même tiré son horoscope :* « Sublime dans tes châteaux en Espagne extraordinaires, point bon dans le monde. »

*

P. 219. Je ne vois pas pourquoi Blum juge chez Beyle « ROMANTIQUE *la notion d'une élite sentimentale, d'une aristocratie du cœur à qui sont réservées les grandes passions et les grandes souffrances ; romantique le mépris des satisfactions modérées, du bon sens paisible, de l'équilibre bourgeois* ».

A ce compte, l'équilibre bourgeois, seul, ne serait pas romantique. De même il considère comme une profession de pur romantisme ce mot d'une lettre de jeunesse de Stendhal :« Je me trouve étrange dans le bonheur. » A ce compte, il n'y aurait de non romantique que les satisfaits, les âmes médiocres qui trouvent la vie excellente. Presque toute la littérature est faite de nostalgie, alimentée d'un désir irréalisable ; et l'écrivain à qui l'homme accorde le nom divin de poète, est celui qui constamment lui parle de ce qu'il ne peut ni voir, ni atteindre, souvent pas même concevoir : le suprême besoin de l'homme est de regarder plus haut que soi, de tendre à se surpasser. Ou je ne vois pas de romantisme en cette attitude, ou je crois l'attitude romantique la plus naturelle, la plus nécessaire, la plus humaine.

*

Souvenons-nous que la mort de Stendhal suscita, en tout et pour tout dans la presse, une étude d'Auguste Bussière dans la *Revue des deux Mondes*, deux chroniques du *National* et du *Courrier français*, et une notice dans la *Gazette du Dauphiné*.

*

P. 285. La part originale de Blum semble être d'avoir opposé violemment les deux faces de Stendhal : le positivisme et l'espagnolisme. Taine n'avait paru s'apercevoir que du premier.

*

P. 287. Il fait remarquer que Zola, par exemple, l'a peu compris, par le fait qu'il attachait toute l'importance au monde extérieur.

« *Ils* (les naturalistes) *tiendraient volontiers*, dit-il, *le* « *sentiment* » *pour un signe de débilité, quand Stendhal y voit la forme suprême de l'énergie* ».

*

Si au temps de Th. Gautier, il a pu paraître exceptionnel qu'il déclarât : « Je suis un homme pour qui le monde extérieur existe », il semble déjà d'une certaine rareté pour notre temps que Stendhal soit un homme pour qui le monde *intérieur* existe.

Insister sur ce point : l'erreur des littérateurs qui ne croient qu'au monde physique. Stendhal, à un certain degré, rejoint l'état d'esprit d'un Pascal avec sa haine des grandeurs de chair.

*

P. 300. J'aime assez cette constatation qu'il [en] fait et cette approbation qu'il donne à ce qu'il appelle le « mélange stendhalien », c'est-à-dire à la coexistence chez des Taine ou des Barrès d'éléments *contraires* qui ne s'altèrent pas par le contact : les constructions rigoureuses et les évocations passionnées, l'analyse méthodique et la suggestion poétique. Remarque très profonde et très juste. Stendhal renferme les contraires et les concilie, et par là il se hausse au-dessus de la plupart des hommes. « En vérité, dit Julien, l'homme a deux êtres en lui. »

*

P. 308. Je crois que Blum signale avec raison une erreur des stendhaliens de 1885, qui ont « aiguillé la méthode stendhalienne vers le succès pratique et la conquête, alors que Stendhal la dirige vers une notion toute désintéressée du bonheur ». Il ramène le dogme stendhalien à la pensée originelle d'où il s'était évadé, comme beaucoup de religions.

V

NOTES DE LECTURE
SUR LES ÉTUDES
DE PAUL BOURGET,
DE SAINTE-BEUVE ET DE TAINE

« *Un tour d'esprit très original, et rendu plus original par une éducation très personnelle, voulut que ce soldat de Napoléon traversât son époque littéraire comme on traverse un pays étranger dont on ne connaît pas la langue.* »

BOURGET, *Essais de psych. cont.*,
I, 211.

*

« *L'homme qui a pu écrire* LE ROUGE ET LE NOIR, *et inventer de toutes pièces à plus de quarante ans, après avoir été soldat, commis d'épicerie, auditeur au Conseil d'État, voyageur, homme de lettre, et diplomate, cette forme de roman sans analogue, capable de contrebalancer toute la* COMÉDIE HUMAINE *dans l'histoire de l'art de conter....* »

Essais, I, 262.

*

Bourget, lui aussi, voit très bien les défauts de Stendhal, « *et la timidité souffrante qui se crispe en prétentions, et un naïf pédantisme dans la rigueur des théories, et du cynisme, et parfois de l'attitude ;* MAIS CELA NE VA PAS AU FOND. »

Id., *ib.*, 251.

*

Remarquer que, tout cela, ce sont les défauts de cette *jeunesse* persistante que constate Blum, et des défauts de solitaire ; et que ce sont les défauts de solitaire que Sainte-Beuve comprend le moins. Pour lui, un roman ne se présente qu'avec une certaine tenue, comme un monsieur, parlant dans ce temps-là en public, ne se présentait qu'en habit. Stendhal, l'œuvre tout entière de Stendhal, c'est l'homme tout cru, pour ne pas dire l'homme dépouillé, ce qui est encore un peu plus effrayant. Auprès de lui, même Rousseau, mal mis sans doute, est habillé. Rousseau n'écrit pas pour lui, mais pour le public ; il consent à le choquer, mais il l'aperçoit. Stendhal écrit réellement pour le lecteur de 1880, époque où depuis beau temps il ne sera plus. Il est le premier, dans la littérature française, — cet homme si amateur de société —, qui, écrivant, n'ait pas eu le souci de la société. « Toutes les fois, écrit Sainte-Beuve, que Beyle a eu une idée, il a donc pris un morceau de papier, et il a écrit, sans s'inquiéter du qu'en dira-t-on, et sans jamais mendier d'éloges : un vrai galant homme en cela. » Sainte-Beuve dit encore que, lorsqu'il vient de lire les amours des romans de Stendhal, il en revient à aimer l'amour à la française « où la société n'est pas oubliée entièrement ».

*

« *Chose étrange : cet homme, le moins descriptif des romanciers, fut sans doute un de ceux que séduisit le plus le charme de la nature. Il est vrai qu'il lui demandait surtout de le jeter dans un certain état d'exaltation.* »

Bourget. *Essais*, I, p, 253.

*

A confronter avec la jeunesse dont parle Blum :

« *On peut même affirmer*, dit Bourget après avoir lu *Henri Brulard*, *que depuis sa dix-huitième année, il n'a rien acquis, sinon plus d'ampleur de ses tendances premières.* » P. 253.

*

« *... la plus complexe des âmes d'artiste, une âme effrénée et raisonneuse, tendre jusqu'à la folie et ironique jusqu'à la cruauté, énergique jusqu'au* *plus mâle courage et romanesque jusqu'au plus naïf sentimentalisme, une âme de roué et d'enfant, de soldat et de poète, de mondain et de solitaire, de libertin et d'amoureux...* » P. 261.

*

Se souvenir que Sainte-Beuve, parlant de Stendhal, ne connaissait ni les *Souvenirs d'égotisme,* ni *Lamiel*, ni *Henri Brulard* publié par Stryienski, ni *Lucien Leuwen* par M. de Mitty.

*

M. Bourget semble admettre qu'une des causes qui laissèrent Stendhal méconnu serait que tous ses personnages sont des êtres supérieurs. Est-ce bien exact? Le public ne fut et n'est jamais hostile aux personnages supérieurs. Tout au contraire, c'est eux qu'il s'attend à trouver en ouvrant un livre ; la tragédie si longtemps florissante l'y a habitué ; outre cela, il est flatté de se trouver en si noble compagnie ; il n'exige pas de la comprendre ; quelques bribes lui suffisent et il emporte comme un souvenir de grandeur qui lui plaît.

*

Comme l'a dit Taine de Julien Sorel, on peut dire que Stendhal est « supérieur, puisqu'il *invente* sa conduite, et il choque la foule moutonnière, qui ne sait qu'imiter ». *Nouveaux essais.* P. 232.

*

« *Les idées habillées en homme, qui peuplent la littérature du* XVII*e* *siècle.* » P. 238.

Il dit que des personnages comme Julien Sorel *s'opposent* à ces idées. Ce ne sont plus des idées, ce sont des hommes. Il ajoute qu'ils s'opposent également « aux copies trop littérales que nous faisons aujourd'hui de nos contemporains ».

« *Ils* (des caractères comme Julien) *sont réels ; car ils sont complexes, multiples, particuliers et originaux comme des êtres vivants. A ce titre ils sont naturels et animés, et contentent le besoin que nous avons de vérité et d'émotion.* »

Rapprocher du passage de Bourget, dans *Le démon de midi :* « Ces esprits français sont toute logique... etc ».

« *Corneille nous donnera des modèles ; tel contemporain, des portraits ; l'un nous enseignera la morale ; l'autre la vie. Au contraire, nous n'imiterons ni ne rencontrerons les héros de Beyle ; mais ils rempliront et remueront notre entendement et notre curiosité de fond en comble, et il n'y a pas de but plus élevé dans l'art.* » P. 239.

*

« Quand nous passons d'un sentiment à un autre, ordinairement c'est sans savoir pourquoi, et par les causes les plus légères. L'âme est changeante ; et le même homme, dix fois par jour, se dément et ne se reconnaît plus. On a tort de se figurer un héros comme toujours héroïque, ou un poltron comme toujours lâche. Nos qualités et nos défauts ne sont point des états de l'âme continuels, mais très fréquents ; et notre caractère est ce que nous sommes la plupart du temps. » P. 242.

*

« Il y a pourtant un accent dans cette voix indifférente : celui de la supériorité, c'est-à-dire l'ironie, mais délicate et souvent imperceptible. » P. 249.

V

QUELQUES NOTES SUR *LA CHARTREUSE*[1]

1. Ces quelques notes sur *La Chartreuse* sont de plusieurs années antérieures à toutes celles qui précédent.

On prétend que Stendhal n'est pas pittoresque ! Mais il est insupportable à force de pittoresque, il est sans cesse à nous décrire mille détails extérieurs.

*

La Chartreuse est un roman d'intrigue. Plus qu'à peindre la réalité et le détail des opérations de l'esprit (ce qui fait la valeur du livre), l'auteur prend son plaisir à montrer les ressources infinies de tactique dont son esprit est doué.

*

Le caractère de Fabrice est charmant. Son insouciance du danger. Sa témérité joyeuse. Lorsqu'il parvient à enlever un morceau de l'abat-jour, dans sa prison, pour voir Clélia : « ce moment fut le plus beau de la vie de Fabrice, sans aucune comparaison ».

*

Stendhal a la maladie du romanesque, il est hanté par le goût romanesque : c'est une tentation perpétuelle chez lui. Il y succombe pour se soulager.

*

La Chartreuse. Ce qui y domine, en somme, c'est le réalisme sentimental, et c'est une application frénétique à atteindre le réalisme dans les faits les plus romanesques.

Ce qu'il y a de choquant, c'est la disproportion entre l'importance des vérités psychologiques, du sens sentimental qui est le cœur de ce livre, et la puérilité de l'acharnement à enchevêtrer les événements extraordinaires qui servent de support.

Il y a dans *La Chartreuse* la genèse des grands romans policiers ou des feuilletons mélodramatiques qui font encore aujourd'hui le bonheur de la femme bourgeoise.

Et il y a un multiple roman psychologique et sentimental qui ne sera pas dépassé, sinon par la forme.

*

Le jour où Fabrice, évadé de sa prison, manifeste à la duchesse qu'il regrette sa prison, tout est dit : le roman est fini.

Lorsque je le vois retourner à sa prison, je cesse complètement d'y croire : tout s'affadit. La révolution de cour, que nous apprend-elle ?

*

C'est un des plus beaux cas sentimentaux, traité par un homme qui n'est qu'intelligence. Il l'analyse et s'efforce de suppléer à son défaut de sensibilité contagieuse, par une accumulation d'images, un éblouissement de choses concrètes ; mais il ne produit pas l'émotion. C'est un spectacle sec. Il y a une glace entre l'épisode et nous, il y a la lentille du microscope.

TABLE

www.ingramcontent.com/pod-product-compliance
Ingram Content Group UK Ltd.
Pitfield, Milton Keynes, MK11 3LW, UK
UKHW021553260726
13993UKWH00002B/808

9 782329 602486